ullstein

In der Sonne kann ich mein Display nie erkennen.

Der Autor

Lorenzo von Honigstein kennt sich aus mit Luxusproblemen: Er wird leider oft auf seinen Körper reduziert. Außerdem gibt es viele Erfahrungen, die er sich gerne erspart hätte. Nicht dazu gehören die vielen Sachbuch-Bestseller, die er unter wechselnden Namen verfasst hat.

Lorenzo von Honigstein

ICH GEFALLE MIR IM SPIEGEL OFT BESSER ALS AUF FOTOS

und weitere Luxusprobleme,
die andere gerne hätten

Ullstein

Besuchen Sie uns im Internet:
www.ullstein-taschenbuch.de

FSC
www.fsc.org
MIX
Papier aus verantwortungsvollen Quellen
FSC® C083411

Originalausgabe im Ullstein Taschenbuch
1. Auflage Oktober 2014

Umschlaggestaltung: ZERO Werbeagentur, München
Titelabbildung: © Getty Images / John Lund (Hund und Katze);
(Himmel) © FinePic®, München
Bilder im Innenteil: siehe Bildverzeichnis.
Satz: KompetenzCenter, Mönchengladbach
Papier: Pamo Super von Arctic Paper Mochenwangen GmbH
Druck und Bindearbeiten: CPI books GmbH, Leck
Printed in Germany
ISBN 978-3-548-37579-3

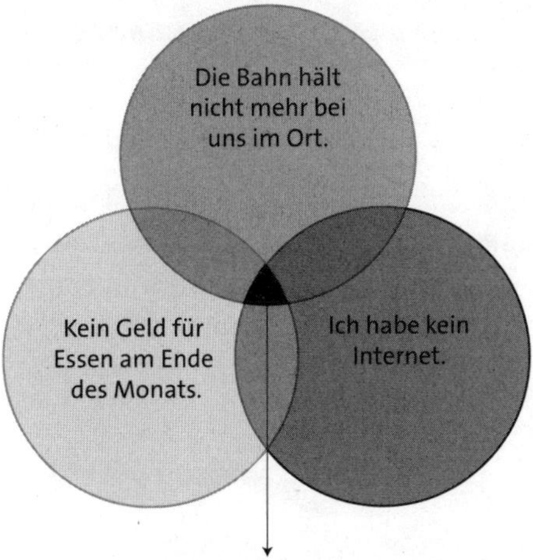

echte Probleme

Luxusprobleme

Montagmorgen und es ist draußen noch dunkel.

Bei manchen Leuten kann ich mich einfach nicht entscheiden, ob ich sie duzen oder siezen soll und ich eiere dann im Gespräch immer herum und vermeide die direkte Anrede mit komplizierten Konstruktionen.

Manche Luxusprobleme fehlen mir.

Noch dicht? Doch nicht.

»Da kostet die Reparatur mehr als ein neues Gerät.«

KEINE STECKDOSE MEHR FREI.

Die Öko-Vollkorn-Brote vom Bäcker haben immer dämlichere Namen.

Das Essen, das ich gekocht habe, sieht irgendwie gar nicht so aus wie auf den Bildern im Kochbuch.

Ich habe durch die Umstellung zum ökologisch interessierten Veganer viel Lebensqualität eingebüßt.

Das Meer rauscht so laut.

Der Mann vor mir läuft zu langsam, um die ganze Zeit hinter ihm zu laufen, aber zu schnell, um ihn langfristig zu überholen.

Ich habe minutenlang vergeblich versucht, die Kette vom Einkaufswagen in den eigenen Schlitz zu stecken, um den Wagen nicht zurückbringen zu müssen.

Unsere Katze macht sich immer so breit, als wäre es ihr Wohnzimmer.

Wenn ich meinen Kopfhörer
aus der Tasche nehme, ist immer ein
fürchterlicher Knotensalat am Start.

Mein Handy klingelte mitten im Theater,
obwohl ich es eigentlich auf lautlos gestellt
hatte.

Die demütigenden Geräusche, die ich mache, wenn ich meinem Zahnarzt etwas mitteilen will, während er gerade bohrt.

Ich kann nichts in Richtung Mülleimer werfen, ohne es als Basketball-Challenge zu sehen. Und bin immer sehr enttäuscht, wenn ich daneben werfe.

Ich öffne die Medikamentenpackung immer auf der Seite, auf der der Beipackzettel liegt.

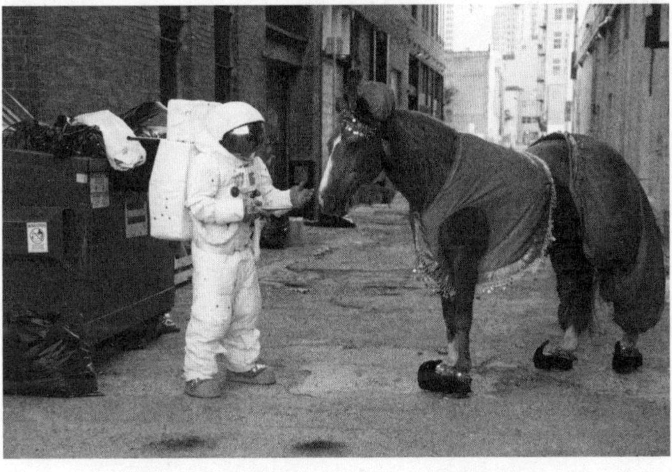

Ich vertrage irgendwie keine halluzinogenen Drogen. Also wirklich überhaupt nicht.

Manchmal habe ich kein gutes Händchen bei der Auswahl meiner Urlaubsorte.

An schönen Sommertagen kann ich das Bild von meinem HD-Beamer nicht gut erkennen.

Ich gehe die Treppe im Hausflur hoch
und auf der Hälfte geht das Licht aus.

Mir sind die ganzen Eisstücke ins Gesicht geflogen, als ich einen großen Schluck von meinem Cocktail getrunken habe.

Ich muss nochmal aus dem Bett aufstehen, weil ich vergessen habe, das Licht auszumachen.

Manchmal öffnet sich eine Datei auf meinem Desktop nicht, ich klicke zwanzigmal drauf. Und dann dauert es kurz und plötzlich geht die Datei zwanzigmal auf.

Ich vergesse immer Lebensmittel, die ganz hinten im Kühlschrank stehen.

Ich vergesse regelmäßig, ob eine Schraube nach links oder nach rechts aufgeht.

DER WHATSAPP-SERVER IST SCHON SEIT DREI MINUTEN DOWN.

Der Handwerker kann keinen genauen Termin sagen, sondern nur einen Zeitraum von sechs Stunden, weshalb ich mir den ganzen Tag freinehmen muss.

Ich schäme mich manchmal für das maßlose Auftreten anderer Gäste in Luxushotels.

Ich hab in der Werbepause umgeschaltet und vergessen, rechtzeitig wieder zurückzuschalten, und jetzt fehlt mir ein entscheidendes Stück vom Krimi.

Vor mir fährt ein Fahrschüler.

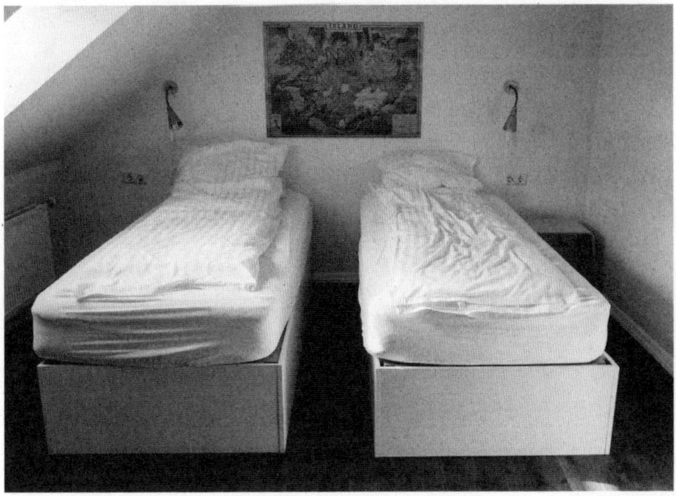

Das Hotel hat kein Doppelbett,
jetzt rutsche ich nachts ständig in die Besucherritze.

Ich habe Flugangst, aber alle tollen Urlaubsziele sind voll weit weg.

Intellektuellen-Luxusprobleme

140 Zeichen sind einfach zu wenig, um meinen Standpunkt mit angemessener Interpunktion darzulegen.

Meine Freunde sagen manchmal »These«, obwohl sie eigentlich »Hypothese« meinen.

Ich konnte den Film nicht genießen, weil er diverse logische Fehler besaß.

Ich kann weite Teile meines Wortschatzes nicht verwenden, weil meine Mitmenschen die Formulierungen nicht verstehen.

Ich wurde neulich im Programmkino ermahnt, weil ich zu laut Chips gegessen habe.

Ich muss mich gelegentlich außerordentlich doof anstellen, um mich vor Hausarbeit zu drücken.

Manchmal zucke ich beim Einschlafen so stark, dass ich davon gleich wieder aufwache.

Ich sitze im Kino und sowohl die linke als auch die rechte Armlehne ist besetzt.

*Es gibt so viele Erfahrungen in meinem Leben,
die ich mir lieber erspart hätte.*

Es wird immer schwieriger, ein ungesichertes WLAN in der Nachbarschaft zu finden.

Meine Diamantenohrringe haben den Bildschirm meines Smartphones zerkratzt.

Ich habe mit Sekundenkleber den Deckel vom Superkleber mit der Tube verklebt.

Ich konnte mich nicht entspannen bei meiner hawaiianischen 90-Minuten-Tiefen-Massage, weil der Magen der Masseuse dauernd knurrte.

Obwohl ich Privatpatient bin,
muss ich manchmal über fünfzehn Minuten
beim Arzt warten.

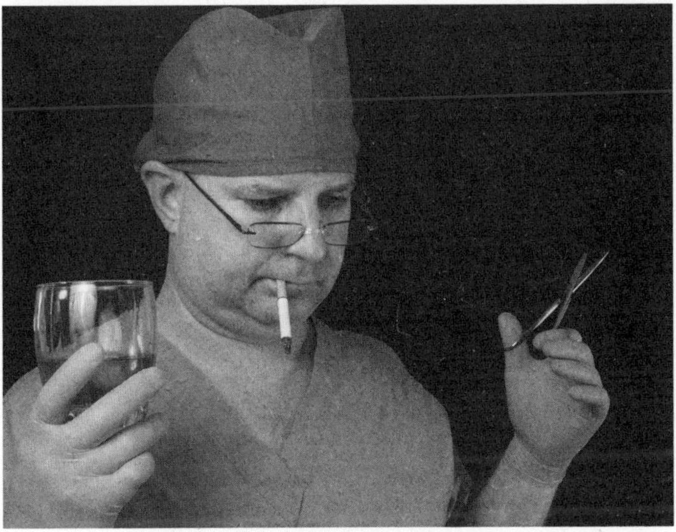

Ich bin Privatpatient und habe trotzdem bei OPs kein gutes Gefühl.

Neulich war ich wieder mal bei O2 in der
Warteschleife und habe gedacht,
ich würde mein ganzes Leben nicht mehr
durchkommen.

MICH LANGWEILEN DISKUSSIONEN, DIE MAN SICH AUCH SPAREN KÖNNTE, WENN MAN EINMAL GOOGELN WÜRDE.

Ich bin so attraktiv, dass sich im öffentlichen
Nahverkehr dauernd Leute neben mich setzen.

Mein Lamborghini Aventador ist zu tief für die McDrive-Bestellung.

Ich habe eine Sternschnuppe gesehen und mir ist einfach kein Wunsch eingefallen.

Meine Fingernägel sind zu kurz
abgeschnitten und jetzt tut es
ein bisschen weh, wenn ich etwas
anfasse.

Meine Frau hat gesagt, wir schenken uns dieses Jahr nichts zu Weihnachten, und ich habe ihr geglaubt. Jetzt ist sie wütend.

Die Sonnencreme
brennt in meinen Augen.

Mir fällt einfach nichts ein, was ich mir zum Geburtstag wünschen kann.

Es gibt da eine kleine Unebenheit am Fingernagel, die mich in den Wahnsinn treibt.

Illustrator ist mein Traumberuf,
aber leider will niemand meine Grafiken kaufen.

Meine Tante hat mir zum Geburtstag gratuliert und ich habe versehentlich geantwortet: »Danke, dir auch.«

Ich male die Sonne auf meinen Bildern immer noch rechts oben in die Ecke wie ein kleines Kind.

Ich bin fast zwei Meter groß und passe nicht in meine Badewanne – meine Knie stehen immer aus dem Wasser.

Wenn ich mit jemandem auf dem Handy telefoniere, kann ich nicht gleichzeitig surfen.

Gerade, als ich in den Burger gebissen hatte, klingelte mein Telefon.

Bei Kilometer 38 ist die Batterie von meinem Handy leer gewesen und ich musste die restlichen Kilometer mit nichts als dem Jubel von zehntausenden Zuschauern ins Ziel laufen.

*Ich kann nicht ohne mein Smartphone leben –
aber es geht mir manchmal schrecklich auf den Keks.*

Das Gurkenglas ist so fest zugedreht, dass mir schon die Hand wehtut, sich der Deckel aber immer noch keinen Millimeter gedreht hat.

Ich hab ein Lied im Kopf und komme einfach nicht darauf, wie es heißt.

Nach einem schönen langen Winterspaziergang kribbeln mir immer die Füße, wenn ich sie am Kachelofen ausstrecke.

Ich verunsichere jeden Autofahrer, weil ich als Beifahrer immer mitbremse.

Obwohl ich schon über dreißig Jahre alt bin, habe ich immer noch Angst, allein in den Keller zu gehen, und pfeife peinlich laut, wenn ich es mal machen muss.

Mein Haargummi sitzt entweder zu locker oder zu fest.

Es ist mir unangenehm, wenn ich während der Arbeitszeit auf die Toilette muss und die Kollegen meine Geräusche aus der Kabine hören können.

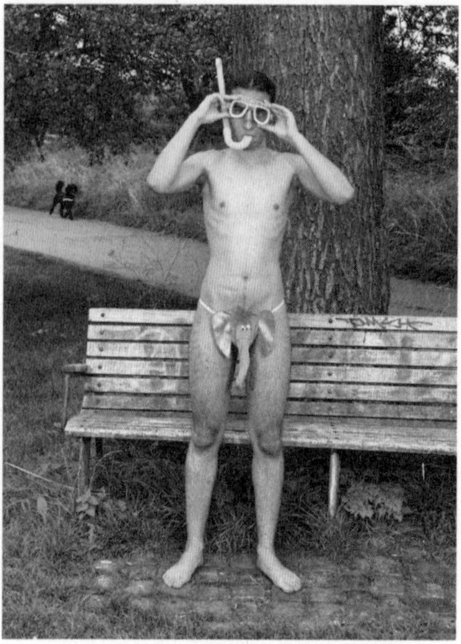

Ich mache ein lustiges Porträt im Park – und ein Pudel ruiniert das ganze Bild.

Ich habe es in meinem Leben trotz vieler Versuche nie geschafft, die Kühlschranktür blitzschnell zu öffnen und zu schließen, ohne dass das Licht angeht.

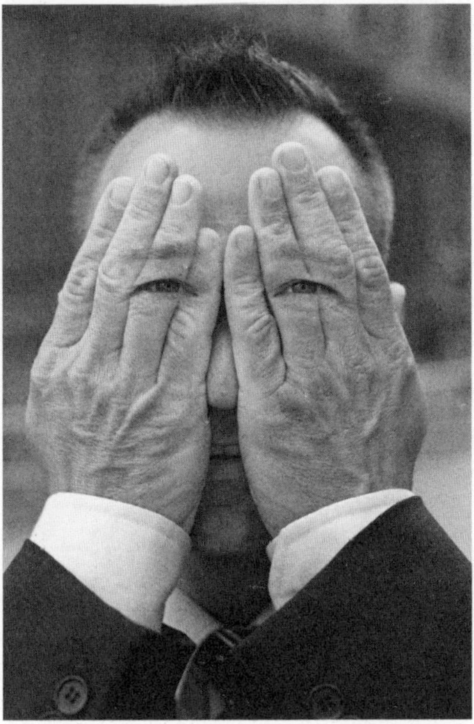

Ich hatte einen schlimmen Photoshop-Unfall.

Erst kann ich den blöden Radfahrer nicht überholen, weil er so weit in der Mitte fährt, und dann fährt er völlig unbeeindruckt über die rote Ampel, während ich warten muss.

Keine meiner Taschen passt perfekt
zu meinem neuen Kleid.

Wenn ich ausschlafen kann, wache ich immer ganz früh auf und bin fit. Unter der Woche bin ich zur selben Zeit immer müde.

Ich schlafe oft auf dem Sofa vor dem Fernseher ein, und wenn ich dann mitten in der Nacht aufwache, bin ich total verwirrt.

Ich kann dieses helle, leichte, mediterrane Design irgendwie nicht mehr sehen. Das ist so last season.

Jeder Depp und sein Sohn hat mittlerweile schon ein Helipad auf der Yacht.

2012 WAR EIN SCHLECHTES CHAMPAGNERJAHR.

Mein Socken ist im Stiefel runtergerutscht.

Ich bekomme immer so fürchterlichen Jetlag,
wenn ich übers Wochenende
zum Shoppen nach New York fliege.

Zwei Jahre muss ich auf meine Kelly-Bag von Hermès warten.

Ich hab versehentlich herkömmliches Super getankt. Das wirkt sich leider etwas auf die Performance meines Supersportwagens aus.

Jemand hat mich was gefragt, aber aufgrund meiner 800-Euro-Noise-Cancelling-Kopfhörer habe ich kein Wort verstanden.

Ich muss noch Wochen auf das neue iPhone warten.

Mein Butler ist verstorben.

Ich bin nachts auf dem Weg zur Toilette über meine neue Skulptur gestolpert.

Mein Mobilfunkanbieter hat immer noch kein LTE.

Cowboy-Luxusprobleme

Ich mag keinen Whisky.

Ich habe eine Pferdehaarallergie.

Ich schätze eher die rhetorische Auseinandersetzung.

Ich würde gerne meine weibliche Seite ausleben.

Ich schau mir schon seit Stunden so einen Müll im Fernsehen an und finde die Fernbedienung einfach nicht. Und ich kann mich einfach nicht aufraffen, aufzustehen.

Ich freue mich immer so, wenn ich einen Cent über den glatten Betrag tanke, den ich nicht bezahlen muss. Neulich wollte der Tankwart diesen einen Cent bezahlt haben.

Mein Haus ist so groß, dass ein Wi-Fi-Router nicht ausreicht.

Nach einem Käsefondue habe ich oft einen richtigen Kloß im Magen und kann mich nicht mehr bewegen.

Ich habe wirklich ein zauberhaftes Café entdeckt, aber es bietet leider kein kostenloses Wi-Fi.

Minutenlang habe ich jemandem ganz euphorisch etwas erzählt, und dann hat er »Wie bitte« gefragt.

Ich habe etwas auf Facebook geteilt, und jetzt schaue ich alle paar Minuten total neurotisch nach, wie viele Likes ich schon habe.

Ich habe mir so ein großartiges Passwort ausgedacht, aber ich kann es leider mit niemandem teilen.

Ich hab mir den Fingernagel abgebrochen,
beim Versuch, eine Pistazie zu öffnen.

Ich stelle mir das Landleben idyllisch vor, befürchte aber, dass ich mich zu Tode langweilen würde.

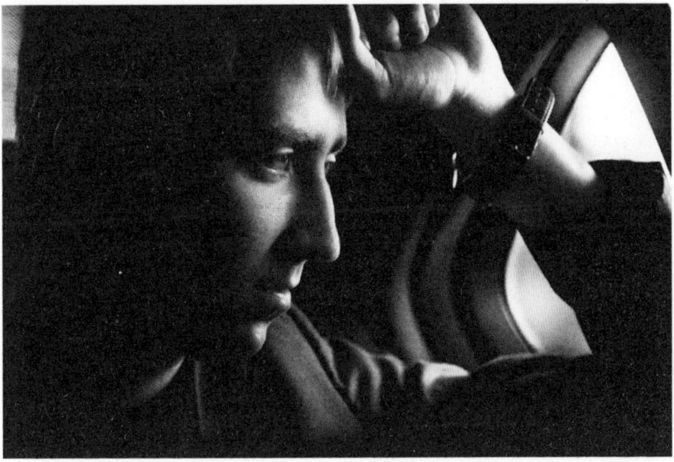

Ich bin noch so jung und schon ganz oben auf der Karriereleiter.

Ich hab monatelang im Uterus meiner Mutter gelebt.

Ich brauche manchmal monatelang nach Silvester, bis ich mir beim Unterschreiben das richtige Jahr für die Datumszeile merken kann.

Ich war der erste Gast auf der Cocktail-Pool-Party. Wie peinlich.

Alkohol löst keine Probleme.
Saft aber auch nicht.

Seit ich weiß, dass der Geruch von Regen im Sommer Petrichor heißt, hat mein Leben irgendwie an Romantik verloren.

Meine Freundin hat sich für den Playboy *ausgezogen und jetzt wissen alle im Ort, wie heiß sie nackt aussieht.*

Ausgerechnet in dem Moment,
als ich mich auf den Liegestuhl an
meinem Pool gelegt habe,
schiebt sich eine Wolke vor die Sonne.

Ich bin der Ärmste in meiner Reichen-Clique.

Ich habe schon bestellt und sehe am Nachbartisch, was die Leckeres serviert bekommen, und bereue jetzt meine eigene Bestellung.

Ich habe ewig im Stau gestanden, der sich dann in Wohlgefallen aufgelöst hat, und verstehe einfach nicht, wie der überhaupt entstehen konnte.

Ich kann einfach nicht aufhören, die grammatikalischen Fehler von anderen Leuten zu verbessern.

Ich habe stark abgenommen.
Jetzt bin ich sehr schlank,
aber meine Brüste sind recht klein.

Wenn ich morgens vom Feiern nach Hause komme, weiß ich nie, ob ich Aronal oder Elmex nehmen soll.

Ich habe manchmal das Gefühl,
das 52 Jahre jüngere Playmate steht nur
wegen meines Reichtums auf mich.

Ich habe an der Schwangerschaftsvorbereitung zusammen mit meiner Frau teilgenommen und fühle mich fast kompetenter als sie.

Manchmal sehne ich mich zurück nach der Zeit, als es noch ungeklärte Fragen bei Diskussionen gab, die man nicht gleich googeln konnte.

Wenn ich jemanden sehe, der sich kratzt,
dann fängt es bei mir auch gleich an zu jucken.

Ich habe meine Jacke schnell zugezogen, und
mir dabei die Haut am Kinn eingeklemmt.

ICH FINDE DEN CURSOR MEINER MAUS AUF DEM BILDSCHIRM IRGENDWIE NICHT.

Ich liege manchmal ewig wach im Bett und kann nicht schlafen, weil ich zu faul bin, auf die Toilette zu gehen. Was würde ich dafür geben, nicht raus in die Kälte zu müssen.

Seit bestimmt 53 Sekunden
finde ich den Anfang der Tesafilm-Rolle nicht.

Ich verstehe diesen Hype um Shades of Grey *einfach nicht. Auf den ersten 100 Seiten gibt es nicht mal eine Sexszene.*

Mein drastischer Humor kommt leider nicht überall gut an.

Wenn ich zu lange im Whirlpool gelegen habe, kann mein Samsung Galaxy S5 den Fingerabdruck nicht mehr erkennen, weil meine Haut zu wellig ist.

Meine Freundin wollte unbedingt noch einen Quickie und jetzt ist meine Frisur im Eimer.

Mein Fleur de Sel ist alle und ich muss herkömmliches Salz verwenden.

Es gibt lauter Knöpfe auf meiner Fernbedienung, von denen ich nicht weiß, für was sie eigentlich gut sind.

**Es dauert einfach zu lange,
bis die Energiesparlampen richtig hell werden.**

Wenn ich mit einem Billigflieger fliege, muss ich immer kilometerweit über das Rollfeld laufen.

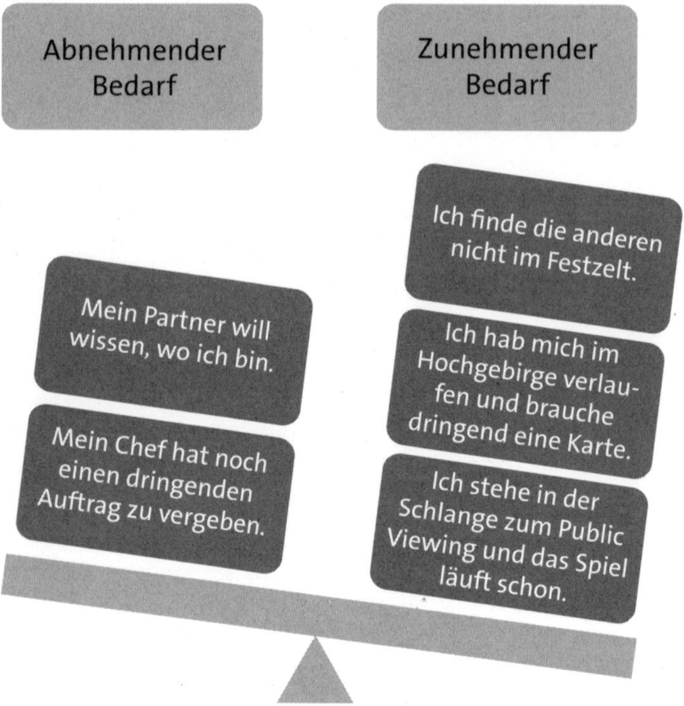

Mein Handyempfang stimmt leider oft nicht mit meinem Bedarf überein.

Mir hat im In-Italiener jemand zugewunken, ich habe freudig erregt zurückgewunken, und dann erst gemerkt, dass jemand hinter mir gemeint war.

Hin und wieder muss ich zur Postfiliale laufen, weil ich nicht da war, als der Paketbote kam, und er zu faul war, einen anwesenden Nachbarn zu finden.

Ich kann mit Spotify beliebig kostenlos Musik anhören, aber mir fällt oft irgendwie nichts Vernünftiges ein.

Ich warte schon ewig im Wartezimmer meines Arztes, und dann kommt ein Patient deutlich nach mir und wird vor mir ins Behandlungszimmer gerufen.

Ich habe mir eine tückische Luftblase unter meiner iPhone-Schutzfolie eingefangen.

Wenn ich nicht aus einem superreichen Elternhaus käme, könnte ich mich vielleicht leichter für die Arbeit motivieren.

Mein Mann erfüllt mir jeden Wunsch, aber ich muss mir extra was wünschen.

Nerd-Luxusprobleme

Ich kann mich nicht entscheiden, ob Batman oder Superman cooler ist.

Ich habe schon wie ein Nerd ausgesehen, als es noch nicht cool war.

Ich wurde für einen Hipster gehalten.

Meine Freunde haben meinen *Charakter* getötet, nur um mein Geld zu rauben.

Meine Geschirrspülmaschine ist kaputt gegangen, und ich muss mein Geschirr spülen wie eine gewöhnliche Magd im Mittelalter.

Ich habe mich so auf die große Silvesterparty gefreut, und es wurde – wie eigentlich jedes Jahr – ein Reinfall.

Mein Filetsteak war schon fast durch.

Ich passe mit meinem Rolls Royce gelegentlich nicht in kleine Parklücken.

Ich bin extra zu IKEA gefahren, bin stundenlang durch die Verkaufsräume geirrt und nur mit Teelichtern heimgekommen.

Ich kann den Handy-Touchscreen immer so schlecht mit meinen Handschuhen bedienen.

ICH KANN AUF DIESEN TABLETS DER PAKETBOTEN EINFACH NICHT VERNÜNFTIG UNTERSCHREIBEN.

Jeder denkt, dass meine Weißgoldhalskette aus Silber ist.

Die Eiscreme ist noch so kalt,
dass ich mit dem Löffel kein Stückchen
rauskriege.

Die Einkäufe sind heiß geworden
in meinem Sportwagen mit Mittelmotor.

Diese eine dumme Mücke im Schlafzimmer
bringt mich um den Schlaf.

Gestern Abend in der Bar sah sie irgendwie noch viel besser aus.

Vor fünf Jahren war mein ironisches Tattoo cool, jetzt hat das jeder.

Im Zug hatte mein Smartphone keinen Saft mehr, ich musste rumsitzen und aus dem Fenster starren wie ein Neandertaler.

»Ihr Anruf ist uns sehr wichtig. Der nächste Mitarbeiter ist in einem Augenblick für Sie verfügbar.«

Ich bin ein Modeblogger und werde ständig auf der Straße fotografiert.

Die Funkfernbedienung für meinen Wagen hat keine Batterie mehr. Jetzt muss ich einen Schlüssel für die Tür benützen wie im Mittelalter.

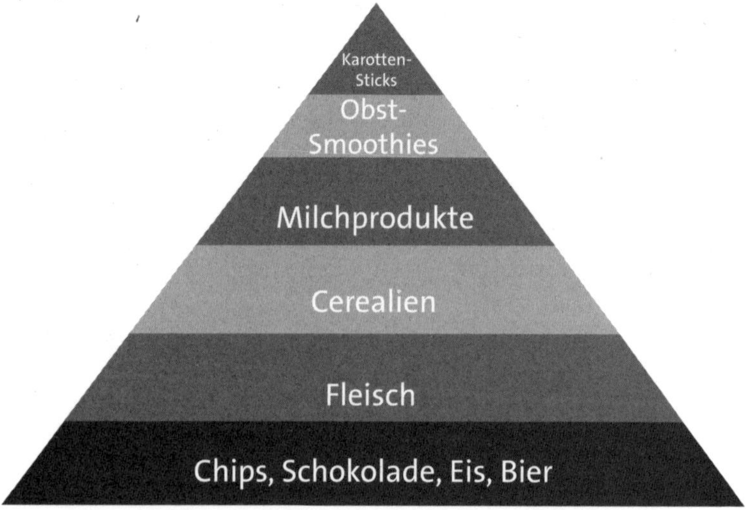

Meine Ernährungspyramide entspricht nicht den WHO-Standards.

Ich kann einfach nicht nein sagen,
wenn mich mein Hund beim Essen anbettelt, obwohl ich weiß,
dass das viele Fressen nicht gut für ihn ist.

Ich habe die Frau meines Lebens getroffen und vergessen, sie nach ihrem Namen oder ihrer Nummer zu fragen.

Ich muss mich ständig etwas bremsen,
weil ich mit meinen langen Beinen immer zu
schnell gehe für andere Leute.

Ich habe mich waxen lassen, weil ich heute Abend garantiert Sex haben werde, und jetzt werde ich heute Abend sicher keinen Sex haben, weil ich so Ausschlag bekommen habe.

ICH HABE HEUTE MORGEN SO LANGE HEISS GEDUSCHT, DASS DAS HEISSE WASSER IM BOILER AUSGEGANGEN IST.

Ich musste vorm Altar plötzlich laut lachen.

Mein Staubsaugerroboter bleibt dauernd irgendwo hängen.

Die Suche nach einem Geschenk für meine Schwiegermutter hat meine Amazon-Empfehlungsliste total versaut.

Auf Facebook werden Bilder von mir geteilt, die jemand in dem Moment aufgenommen hat, als ich gerade niesen musste.

Indianer-Luxusprobleme

Ich kann Spuren einfach nicht auseinanderhalten.

Ich schleiche nicht gerne.

Ich habe das Kriegsbeil verlegt.

Ich bin verliebt in einen weißen Mann.

Die Wildnis ist mir unheimlich.

Es ist mir ein bisschen peinlich, aber ich beiße immer noch bei Doppelkeksen erst den Deckel ab, um danach die Schokolade vom unteren Keksteil abzulecken.

Meine Freundin hat meine WhatsApp-Nachricht bekommen und schon seit mehreren Minuten nicht geantwortet.

Ich habe keine Verwendung mehr für den teuren Fön, den ich mir gekauft habe, als ich noch volles Haar hatte.

Ich schließe manchmal in betrunkenem Zustand Wetten mit meinen Kumpels ab, die ich am nächsten Tag bereue.

Ich wollte ganz lässig in die Bar schlendern, doch dann hat sich meine Tasche am Türgriff verheddert, und ich bin vor allen hingeflogen.

Ich habe mir versehentlich Handcreme ins Gesicht geschmiert.

Ich muss mein Passwort ändern,
aber ich kann mir kein neues merken.

Mein Mund verträgt scharfes Essen
besser als mein Hintern.

Ich kann mir einfach nicht merken, ob ich mir schon die Zähne geputzt habe, und muss an der Zahnbürste nachprüfen, ob sie noch nass ist.

Letzte Woche habe ich mir Schuhe gekauft.
Jetzt sind sie im Laden um 50 Prozent reduziert.

Ich bin ohnehin schon zu früh losgefahren und hatte dann auch noch grüne Welle.

Auf dem Sofa vor dem Fernseher eingeschlafen, mitten in der Nacht aufgewacht – jetzt bin ich total durcheinander.

Ich mache seit Jahren Yoga und habe immer noch keine Ahnung, was mir das im täglichen Leben bringen soll.

Katzen-Luxusprobleme

Warum gibt es eigentlich kein Katzenfutter mit Mausgeschmack.

Mir fehlt gelegentlich die Stimulation.

Ich werde sehr gerne am Bauch gestreichelt, aber eben nicht jetzt.

Ich würde gerne auf der Tastatur schlafen, aber niemand benützt den Computer.

Ich kann nur lieben, wenn ich hungrig bin.

Ich habe heute schon fünfzehn Stunden geschlafen und bin immer noch müde.

Niemand will mit mir kuscheln.
Um 4 Uhr in der Nacht.

ICH FÜHLE MICH MANCHMAL EINSAM, ABER ANDERE LEUTE NERVEN MICH SCHNELL.

Mein Burger ist zu dick belegt, deshalb fällt beim Reinbeißen immer so viel runter.

Ich muss schon um fünf Uhr morgens aufstehen, weil unser Urlaubsflieger so früh geht.

Schon seit fünf Sekunden warte ich auf meine »Passwort wiederherstellen«-Mail.

Ich bin der Erste in meinem Büro, der ein neues iPhone hat, und jetzt kann ich mir kein Ladekabel ausleihen, wenn der Akku mal leer ist.

Aus unerklärlichen Gründen schaltet sich der Zapfhahn an der Tankstelle manchmal von alleine aus.

Ich vermisse es, dass man einen Kumpel nicht mehr einfach ins Wasser werfen kann, ohne gleich Elektronik im Wert von ein paar Tausend Euro zu gefährden.

Ich habe das Gefühl, ich bin der einzige Mensch auf der Welt, der *Breaking Bad* noch nicht gesehen hat.

Ich habe so stark abgenommen, dass mich Leute, die mich vor ein paar Jahren das letzte Mal gesehen haben, gar nicht erkennen.

Ich nehme oft keinen Einkaufswagen, weil ich nicht viel kaufen will, und taumle dann total bepackt mit schweren Armen durch den Supermarkt.

Seit Facebook anzeigt, ob man auf dem Smartphone surft oder auf dem Computer daheim, kann ich nicht mehr vorgaukeln, ich wäre nicht zu Hause.

Ich habe etwas Privates ausgedruckt und wollte es schnell aus dem Drucker nehmen, doch ein Kollege war schneller und hat es bemerkt.

Ich habe keinen grünen Daumen.

Sobald ich mir eine Zigarette anzünde, kommt der Bus.

Ich bin so satt, dass ich den Nachtisch nicht mehr schaffe.

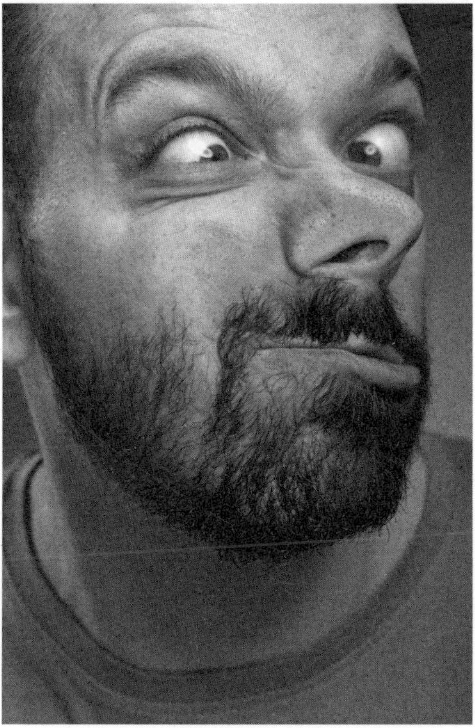

Manchmal öffnen sich die automatischen Eingangstüren nicht rechtzeitig.

Meine Putzfrau hat meine Sexspielzeuge entdeckt.

Das WLAN von meinem Nachbarn, in das ich mich gehackt habe, ist so elend langsam.

Meine Putzfrau hat das Toilettenpapier falsch herum eingehängt.

Mich nervt dieses eine Lied in meiner Playlist, das ich nicht mag und jedes Mal überspringe, aber immer noch nicht gelöscht habe.

SEIT ES COKE ZERO GIBT, SCHMECKT MIR COLA LIGHT IRGENDWIE NICHT MEHR SO GUT.

Ich kann es nicht leiden, wenn mich die Leute immer so neidisch anstarren, wenn ich es mir mit einem Glas Champagner auf meinem Platz in der Business Class bequem gemacht habe, während sie nach hinten in die Economy laufen müssen.

Ich habe ein neues iPhone und muss schon wieder mein ellenlanges WLAN-Passwort eingeben.

Von meinem tiefen Ferrari-Fenster ist es nicht so einfach, an den Parkticket-Automaten zu kommen.

Manchmal entdecke ich in meinem Schrank ein Kleidungsstück und es überkommt mich eine große Peinlichkeit, dass ich sowas tatsächlich mal angezogen habe.

Ich habe mich neulich auf einer Tonaufnahme gehört und muss leider sagen, ich klinge wie eine Mischung aus Philipp Lahm und Til Schweiger.

Morgens bin ich manchmal müder als beim Einschlafen.

Im Restaurant gehe ich freudig an mein Handy und merke plötzlich, dass ein anderes Telefon geklingelt hat.

Wenn ich meinen Kakao in der Mikrowelle heiß mache, dann bleibt der Drehteller immer so stehen, dass der Henkel hinten ist.

Ich habe von diesem Hype um *Flappy Bird* erst gehört, als die App schon wieder aus dem Store gelöscht worden ist.

Ich werde grundlos von vulgären Rentnern aufs Übelste beschimpft.

Ich kann nicht ruhig stehen bleiben,
wenn ich daheim
mit dem Handy telefoniere.

Manchmal denke ich etwas Gemeines über einen Mitmenschen (»Oh Gott, ist die fett«), und dann habe ich Angst, dass ich es nicht nur gedacht, sondern auch gesagt habe.

Der Enteiser für die Autotür liegt im Auto.

Ich kann es mir einfach nicht abgewöhnen so lange an kleinen Hautfetzen an meinen Fingernägeln zu knibbeln, bis ich mir richtig wehtue.

Nachts bei McDonalds habe ich einen Milchshake bestellt, aber die Maschine war schon aus.

Ich habe meine Kopfhörer falsch herum aufgesetzt und heute schon den ganzen Tag lang die Stereo-Musik in die falschen Ohren bekommen.

Mir ist der Löffel in die Suppe gefallen.

Hunde-Luxusprobleme

Ich will, dass er mir den Ball wirft, aber ich will ihm den Ball nicht zurückgeben.

Mein Knochen ist so groß, dass es im Kiefer schmerzt.

Ich muss pinkeln, aber es regnet draußen.

Ich weiß gar nicht mehr, warum ich belle.

Mein Herrchen hat mir die Eier abschneiden lassen.

Mein Lieblingsusername ist schon vergeben.

Ich habe mein Lieblingshemd angezogen und gleich einen Zahnpastafleck darauf gekleckert.

Mein Barista hat heute Morgen nichts in meinen Cappuccino gemalt.

MEINE HAND IST ZU BREIT FÜR DIE PRINGLES-DOSE.

Ich hab zu viel gegessen und werde einfach nicht betrunken.

Mein morgendlicher Stuhlgang war so imposant, jetzt tut mir der Hintern weh.

Ich fühle mich daheim alleine einsam, wenn der Fernseher nicht läuft.

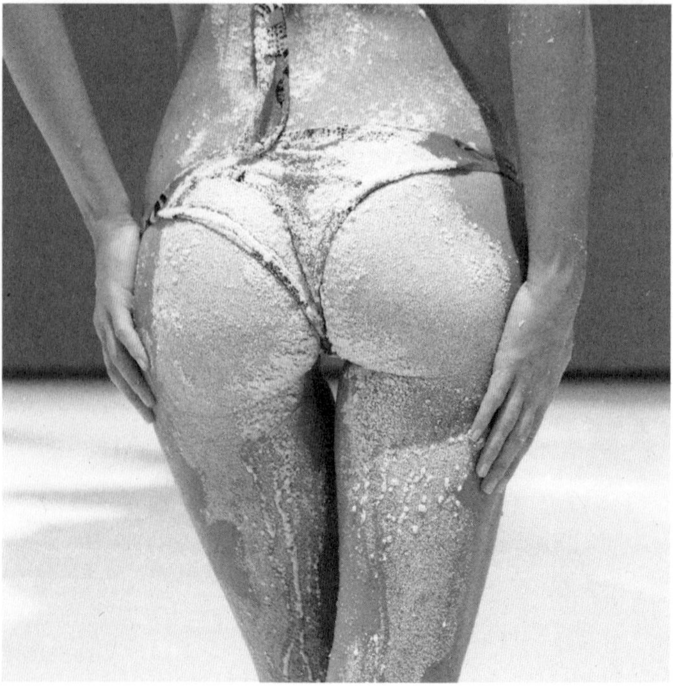

Dieser feine Sand rutscht zuweilen in mein Bikinihöschen.

Ich fahre jeden Morgen fünf Minuten mit dem Auto zur Arbeit – das ist im Winter einfach zu kurz, damit es in der Karre warm wird.

Ich war hungrig und habe deshalb viel zu viel im Supermarkt eingekauft.

Ich vertrage mich mit meiner Freundin so gut, dass wir noch nie heißen Versöhnungssex hatten.

Ich habe einen Tag Urlaub, aber ich fühle mich irgendwie unwohl, wenn ich daheim bin, während die Putzfrau in meiner Wohnung schuftet.

Ich habe beim Abbeißen vom Pizzastück versehentlich den ganzen Belag heruntergerissen.

Der Drehteller meiner Mikrowelle ist ständig dreckig, weil immer irgendwas überschwappt beim Herausnehmen.

SCHON FÜNF KUGELSCHREIBER AUSPROBIERT UND KEINER FUNKTIONIERT.

Ich werde manchmal komisch angeschaut, wenn ich auf dem Gehweg so laufe, dass ich die Fugen der Platten nicht betrete.

Ich werde mit meinem Supersportwagen überdurchschnittlich häufig von Polizeikontrollen belästigt.

Meine Winterreifen sind auf nur 240 km/h Höchstgeschwindigkeit ausgelegt.

Ich werde manchmal komisch angeschaut, so, als würde ich es nötig haben, einen Supersportwagen zu fahren.

Manchmal sehne ich mich zurück nach der Zeit, als es noch faltbare Stadtpläne gab.

Opis schlimme Geschenke machen die ganze Montessori-Ausbildung des kleinen Julius-Maximilian kaputt.

Den ganzen Tag war ich hundemüde
und jetzt liege ich im Bett und bin hellwach.

Kann es sein, dass auf n-tv schon wieder eine Hitler-Doku wiederholt wird?

Der Reißverschluss hat sich im Stoff meiner Jacke verklemmt.

Immer, wenn ich total unbekannte, lässige Musik entdecke, dann kommt sie wenig später im Radio und wird total uncool.

Der große Popcorn-Karton ist schon leer gemampft, bevor der Hauptfilm überhaupt angefangen hat.

Seit Charlie Sheen nicht mehr dabei ist,
kann ich Two and a half men *nicht mehr leiden.*

MEINE FACEBOOK-FREUNDE SCHREIBEN IMMER SO VÖLLIG ÜBERFLÜSSIGE UND LANGWEILIGE STATUSMELDUNGEN.

Mein Geldbeutel ist so voller Kleingeld, dass meine Jogginghose rutscht.

Ich muss ein Geschenk auspacken und so tun, als würde ich mich total freuen, obwohl es mir eigentlich ziemlich egal ist.

Meine Mutter besteht darauf, dass ich beim Auspacken der Geschenke sehr vorsichtig bin, obwohl das Geschenkpapier danach ohnehin weggeworfen wird.

Bei *Galileo* werden tatsächlich schon wieder Wasserrutschen getestet.

Ich liege schon ewig wach im Bett, aber mein Hirn will einfach nicht die Fresse halten.

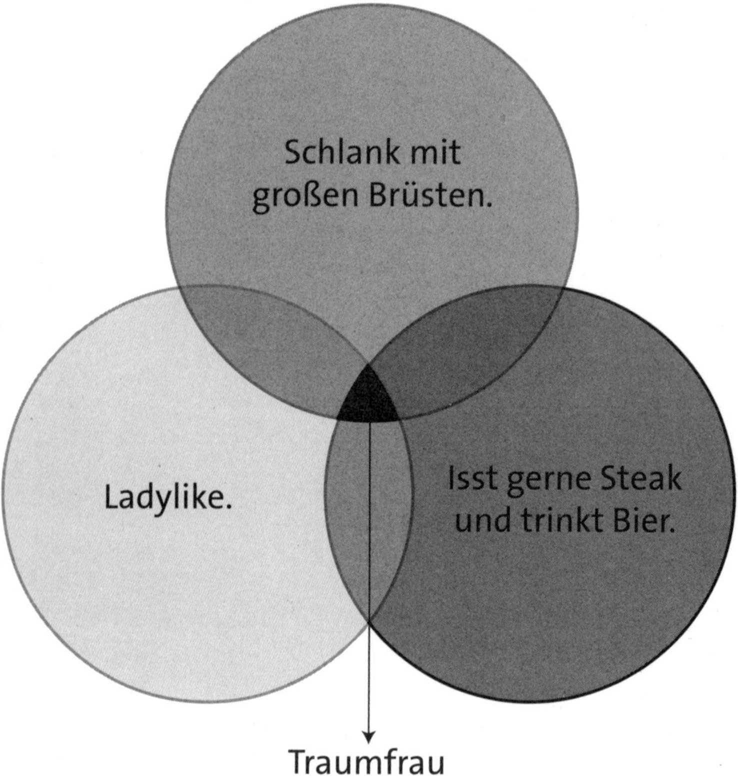

Irgendwie kann keine Frau meine Ansprüche erfüllen.

Kinder-Luxusprobleme

Ich habe meiner Lehrerin einen Heiratsantrag gemacht. Sie hat gesagt, ich sei süß.

Ich habe mit Jasper Süßigkeiten getauscht, und er hat mich über den Tisch gezogen.

In meiner Pausenbox ist Kohlrabi.

Ich habe zwei Mädchen, mit denen ich gehe. Und beide fahren im selben Schulbus.

Meine Eltern haben mich komisch verkleidet, weil sie denken, dass sei lustig.

Der Strohhalm meiner Capri-Sonne ist weg.

Immer wird der blöde Leon als Erster beim Fußball gewählt.

Ich arbeite als Model und muss bei Bilderagenturen für peinliche Fotos posieren.

Ich habe mein Handy verloren und muss jetzt bei *Angry Birds* wieder ganz von vorne anfangen.

Ich werde immer am Wochenende krank.

Mein Jahresbonus wurde um fast die Hälfte gekürzt – auf 800.000 Euro.

Es juckt mich tief im Ohrkanal.

Egal wo ich draufklicke, immer öffnet sich ein blödes Werbefenster.

Meine rechten Fingernägel sind immer total fleckig lackiert, weil ich mit links so ungeschickt bin.

Meine Freunde fühlen sich oft nicht gut, weil ich morgens nach dem Joggen auf Facebook imposante *Runtastic*-Statistiken poste.

Der Boden in unserem Marmorbad ist immer so kalt.

Ich wollte nur einen kleinen Faden abreißen, und jetzt habe ich fast den ganzen Kaschmirpullover aufgetrennt.

Ich habe meine warme Jacke mitgenommen, aber es war so ein wunderschöner, warmer Tag, dass ich sie den ganzen Tag nicht gebraucht habe.

Was wollte ich noch mal googeln?

Ich muss so tun, als wäre der Witz von meinem Chef lustig.

Auf der Autobahn bin ich noch einmal umgedreht, weil ich dachte, ich hätte den Herd angelassen. Natürlich war er aus.

Es dauert eine gefühlte Ewigkeit, bis der Handtuchspender auf der öffentlichen Toilette endlich nicht mehr blockiert, so dass ich weiterziehen kann.

Auf dem Klo gibt es nur diese dämlichen Heißlufttrockner, jetzt muss ich mir die Hände an der Hose abwischen.

Mein Nagellack blättert immer bei der ersten Gelegenheit ab.

Ich werde oft auf meinen Körper reduziert.

ALLE ANDEREN HABEN IHRE KOFFER AM GEPÄCKBAND SCHON, NUR MEINER KOMMT NICHT.

Ich musste über den Witz einer Person lachen, die ich nicht ausstehen kann.

Am Wochenende nehme ich mir immer vor, richtig auszuschlafen, aber dann wache ich doch wieder viel zu früh auf.

Seit meine Mutter eine Ray-Ban-Sonnenbrille trägt, kann ich die nicht mehr cool finden.

Beim Sex mit meiner Playmate-Freundin muss ich dauernd an ein anderes Model denken.

Ich habe keine Euro-Münze für den Einkaufswagen.

Wie roch noch mal frisch gemähtes Gras im Sommer?

Es ist schon wieder soweit: »Last Christmas, I gave you my heart.«

Ich habe gegen die Tür gedrückt, obwohl »ziehen« draufstand.

Mit dreißig ist man scheintot, dachte ich immer als Teenager. Jetzt werde ich dreißig.

Ich bin Ende zwanzig und technisch schon vom alten Eisen.

Schüler-Luxusprobleme

Es ist zu kalt für hitzefrei.

Ich habe vergessen, dass die ersten beiden Stunden ausfallen und bin zu früh aufgestanden.

Ich habe gelernt, und wir haben gar keine Arbeit geschrieben.

Ich habe von Luca abgeschrieben, und er hatte alles falsch.

Ich wollte von Carlotta abschreiben, aber ich konnte ihre Schrift nicht lesen.

Ich konnte meinen eigenen Spickzettel nicht lesen.

Mein Vater erzählt immer noch gerne vor meinen Freunden die Geschichte, wie ich mich als Kind immer schlafend gestellt habe, um vom Auto ins Bett getragen zu werden.

Meine Freundin ist auf die Toilette gegangen und hat mir ihre Handtasche in die Hand gedrückt. Jetzt stehe ich hier in der Lobby und alle Leute schauen mich an, als wäre ich eine Tunte.

Ich bin mit meinen Socken im Badezimmer auf einen nassen Fleck getreten.

Mir fallen beim Joggen dauernd die Kopfhörer aus dem Ohr.

Ich kann mich nicht vernünftig kämmen, weil der Badezimmerspiegel nach dem Duschen beschlagen ist.

Erst kam überhaupt nichts aus der Ketchupflasche, und dann war plötzlich mein ganzer Teller voll.

Manchmal ist der Akku meines iPhone 5s
schon nachmittags alle.

Ich hab mir beim Öffnen des Geschenkpapiers in den Finger geschnitten.

Beim Joggen kriege ich immer einen knallroten Kopf, deswegen kann ich nur im Dunkeln Sport machen.

Ich werde oft fälschlicherweise für arrogant gehalten.

Ich habe beim Schrottwichteln den meisten Applaus für meine Vase bekommen, die ich tatsächlich mal irgendwie toll gefunden und gekauft habe.

Der Clown im Zirkus hat ausgerechnet mich als Mitmachkandidaten ausgewählt, um mich vor dem ganzen Publikum zu verarschen.

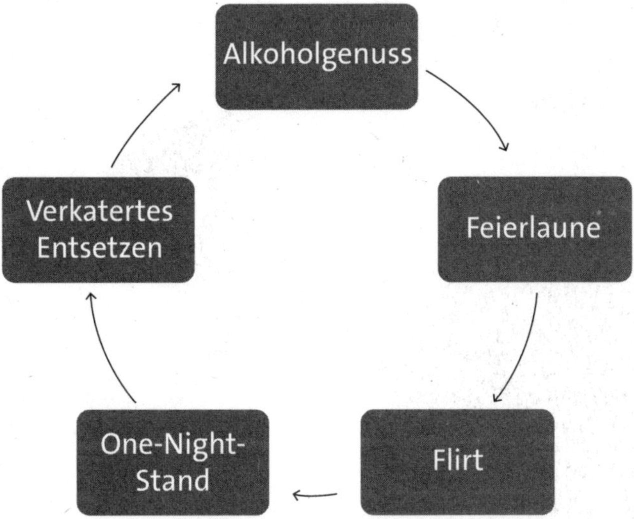

Ich bin in einem üblen Kreislauf aus One-Night-Stands gefangen.

Ich würde mir manchmal etwas weiblichere Formen wünschen.

Ich hab nicht mehr genug Kleingeld und muss einen großen Schein anbrechen.

An Weihnachten muss ich immer auf dem alten Röhrenfernseher meiner Eltern glotzen.

Ich muss mir zehn Sekunden lang Werbung vor dem YouTube-Video anschauen.

Keiner versteht meine künstlerischen Fotos.

Ich habe mir einen 50-Zoll-Fernseher gekauft, der einfach nicht in meine Mercedes-Limousine passt.

Ich habe immer noch kein Amazon-Paket von einer Drohne bekommen.

MEIN 57ER SINGLE MALT WHISKEY IST ALLE.

Während ich krankgeschrieben bin, kann ich keine lustigen Party-Bilder auf meinem Facebook-Account posten.

Ich muss meinen Wecker immer eine halbe Stunde früher stellen, um noch einige Male das schöne Gefühl zu genießen, auf die Schlummertaste drücken zu können.

Ich stehe an der Supermarktkasse und meine EC-Karte funktioniert aus unerklärlichen Gründen nicht. Außerdem habe ich kein Bargeld dabei.

ICH WÜRDE GERNE SHOPPEN GEHEN, ABER MIR FÄLLT NICHTS EIN, WAS ICH KAUFEN KÖNNTE.

Ich habe heute den ganzen Tag über so viel geschlafen, dass ich jetzt zu müde zum Einschlafen bin.

Das 48h-Deo hält bei mir gerade mal drei Stunden.

Ich gestehe, dass ich mehrfach bei der Rede meines Chefs gelacht habe, obwohl ich kein Wort verstanden habe.

Ich habe ein unschönes Gefühl, wenn ich mir auf einer öffentlichen Toilette die Hände gewaschen habe und danach den dreckigen Türknauf anfassen muss.

Mein Festgeldkonto in Österreich ist nur bis zu einer Summe von 100.000 Euro abgesichert.

Ich fühle mich manchmal verloren in großen Luxushotels.

Es ist traurig, dass die Quitte nicht die herausragende Position in unserem Fruchtuniversum einnimmt, die ihr geschmacklich zusteht.

Zalando hatte versprochen, dass mein Päckchen heute ankommt, aber es kam nicht.

Metaller-Luxusprobleme

Ein Mädchen hat mich gefragt, was ich höre. Bei meiner Antwort »Vaginal Headfist Monster Deathwind« ist sie schreiend weggelaufen.

Es ist so sonnig draußen und ich habe nur schwarze Klamotten.

Ich bin eigentlich ein sonniges Gemüt.

Beim Wacken gibt es zu wenig Dixies.

Ich war auf dem Rockkonzert umgeben von lauter freundlichen, wohlerzogenen Menschen.

Ich hab das Passwort für meinen Account vergessen, bei dem ich mich anmelden müsste, um endlich den Newsletter abzubestellen.

Ich arbeite als Fotomodell und muss mich für Agenturbilder häufig mit peinlicher Frisur ablichten lassen.

Die Batterien sind nicht
im Lieferumfang enthalten.

Wir können manchmal auch im Urlaub
irgendwie nicht richtig abschalten.

Ich habe schon alle sechzehn Filme gesehen,
die mein Business Class-Inflight-System anbietet.

Ich habe die ganze Woche eigentlich nichts mehr zu tun,
muss aber trotzdem noch ins Büro gehen.

Wenn ich über mein iPhone Musik im Auto höre, dann kann ich nicht über die Knöpfe am Lenkrad die Lieder skippen.

Bin ich denn eigentlich der Einzigste,
der wo überhaupt noch vernünftig deutsch kann?

Der Wasserhahn der Toilette war etwas zu stark aufgedreht und hat mir die Hose vollgespritzt. Jetzt sieht es so aus, als hätte ich in die Hose gepinkelt.

Ich sitze zu lange auf einer Toilette mit einem Licht, das sich von alleine ausschaltet. Jetzt muss ich mein Geschäft in kompletter Dunkelheit verrichten und dann wieder rausfinden.

MEIN NEUER 3D-HD-FERNSEHER BENÖTIGT EINEN TICK ZU LANG FÜR DEN SENDERWECHSEL.

Vorhin ist mein leerer Joghurtbecher samt Löffel umgekippt.

Es schränkt meine Kommunikationsmöglichkeiten ungemein ein, dass es bei WhatsApp keinen Mittelfinger-Emoji gibt.

Ich habe mein Badewasser zu heiß eingelassen und muss nackt darauf warten, dass es abkühlt.

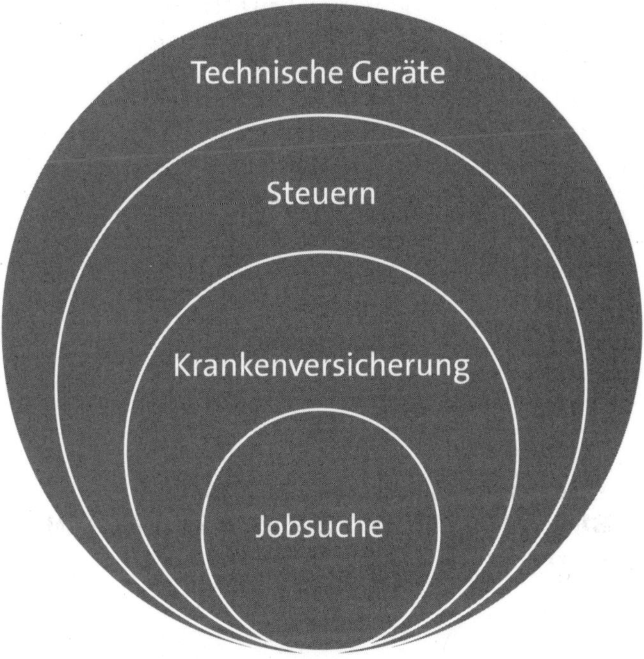

Das Leben ist so kompliziert geworden.

Ich schaue mir 3-D-Filme nicht so gerne an, weil mir diese Pappbrille nicht gut steht.

Ich hab immer das Gefühl, das Spannbetttuch passt gar nicht auf meine Matratze.

Ich habe einen verpassten Anruf mit unterdrückter Nummer bekommen und jetzt frage ich mich dauernd, wer das wohl gewesen sein könnte.

Mein Jet ist gerade in der Inspektion, deshalb musste ich den Turbo Prop nehmen und war fast 30 Minuten länger in der Luft unterwegs.

Mein Auto riecht gar nicht mehr neu,
obwohl es erst sechs Monate alt ist.

Ich habe im Fitnessstudio gefurzt, aber ich hatte Kopfhörer mit lauter Musik auf, und jetzt bin ich mir nicht sicher, wie laut es war und ob es jemand gehört hat.

Es passiert immer das Gleiche, wenn ich mittags mit meinem weißen Shirt Spaghetti bolognese esse.

Ich arbeite als Fotomodell und muss für gestellte Agenturfotos mit albernen Gesten posieren.

Der einzige Satz der AGBs, den ich gelesen habe, war: »Ich habe die AGBs gelesen und bin damit einverstanden.«

Ich komme plötzlich ganz schlecht drauf, weil ich die Kosten von Euro in Mark umgerechnet habe.

Ich kann den Fernsehsender nicht umschalten, weil ich mir gerade die Fingernägel lackiert habe. Und es kommt *Musikantenstadl*.

Ich habe mit jemandem zusammen im Supermarkt eingekauft, er ist noch schnell was holen gegangen, und ich stand ohne Geld an der Kasse.

ICH NEIGE DAZU, IMMER DAS GLEICHE ZU BESTELLEN, OBWOHL SO VIEL AUF DER SPEISEKARTE STEHT.

Ich habe jemanden gefragt »Wie geht's«, obwohl es mich überhaupt nicht interessiert.

Wo habe ich noch mal gestern Nacht betrunken mein Fahrrad abgestellt?

Immer wenn ich Brille trage, regnet es.

Ich habe ein schlechtes Gefühl,
wenn Leute aus Entwicklungsländern hier
über meine Luxusprobleme lesen.

Ich irre oft durchs Haus und frage mich,
was ich überhaupt tun wollte.

Ich sehne mich manchmal nach Abwechslung von meinem Leben als Hausfrau.

Ich musste den Karton von der Tiefkühlpizza noch mal aus dem Mülleimer holen, weil ich vergessen hatte, wie lange die Pizza im Backofen bleiben soll.

**Als Privatpatient komme ich
im Wartezimmer nicht dazu,
die tollen Magazine zu lesen.**

Ich weiß manchmal nicht, ob ich jemanden zur Begrüßung umarmen und küssen oder die Hand schütteln soll. Am Ende kommt so eine peinliche Mischung aus beidem heraus.

Wenn das Wetter weiterhin so schlecht bleibt, dann ist mein Sommerkleid vielleicht nicht mehr superhip, wenn ich es endlich anziehen kann.

Ich trage schon immer Vollbart, jetzt halten mich alle für einen Hipster.

Ich habe vor Schreck fast einen Herzinfarkt bekommen, als der Toast aus dem Toaster gesprungen ist.

Ich zappe durch meine 386 Fernsehkanäle, und auf allen läuft gleichzeitig Blödsinn oder Werbung.

Stefan Raab fragt bei Schlag den Raab *wirklich alle Regeln nochmal haarklein nach.*

Der Rauch vom Grill verfolgt mich.

Ich sitze in einer In-Bar und warte auf jemanden und muss mit meinem Smartphone spielen, um nicht einsam auszusehen.

Ich habe beim Sonnenbaden versehentlich die Augen aufgemacht, und jetzt habe ich einen großen hellen Punkt auf der Netzhaut.

Meine Ex sieht jedes Jahr besser aus.

Mein Diamantring ist so groß,
dass ich mir schon mehrfach versehentlich eine Laufmasche gezogen habe.

Der Pfandautomat nimmt meine verdammte Flasche einfach nicht an.

ICH HABE MICH WOCHENLANG AUF DIE PARTY GEFREUT, UND SIE WURDE DER TOTALE FLOP.

Nachdem ich beim Senior Master Stylist von Vidal Sassoon gewesen bin, stehe ich panisch vor dem Spiegel und versuche meine Frisur wieder so hinzukriegen, dass sie nicht wie eine explodierte Klobürste aussieht.

Aus Versehen habe ich auf »antworten« geklickt statt auf »weiterleiten« – und mich in der E-Mail über den ursprünglichen Absender lustig gemacht.

Ich habe beim Staubsaugen etwas Klapperndes eingesaugt und frage mich panisch, was es wohl gewesen sein könnte.

Ich hatte mein Handy im Flugmodus und es ist trotzdem auf den Boden geflogen.

Luxusfrauen-Luxusprobleme

Keinen Job zu haben ist auch ein Full-Time-Job.

Ich habe den ganzen Tag kein Kompliment bekommen.

Ich bin mir nicht sicher, ob ich traurig bin oder nur hungrig.

Ich weiß nicht, welche Schuhe ich zu meinem Kleid tragen soll.

Ich weiß nicht genau, wie man putzt.

Ich kann nie wirklich glücklich sein, weil Lachen Falten verursacht.

Mein bescheuerter Fahrer hat mich zum falschen Juwelier gefahren.

Webshops sollten Designerkleider, die sie nicht mehr führen, sofort von der Seite löschen. Es ist so schlimm, wenn man sich in ein Kleidungsstück verliebt, und es ist einfach nicht mehr verfügbar.

Ich muss so lange laufen, bis das Wasser tief wird.

Mitten in der Yoga-Gruppenstunde muss ich mich fürchterlich konzentrieren, um nicht zu furzen.

Bedürfnispyramide nach Maslow, Update 2014

Ich kaufe schon mein ganzes Leben lang ein und habe immer noch nichts Vernünftiges zum Anziehen.

Am Strand in Mauritius kommt irgendwie keine Weihnachtsstimmung auf.

Ich habe mich so gefreut, dass ich eine Parklücke gefunden habe, und dann stand da doch noch ein Smart drin.

Männer-Luxusprobleme

Meine Freundin will Sex, aber ich habe gerade vorhin masturbiert.

Ich hatte mich perfekt gekämmt, bevor ich mir das T-Shirt angezogen habe.

Ich habe gerade herausgefunden, dass meine Kollegin genauso viel verdient wie ich.

Meine Freunde finden es seltsam, wenn ich mir die Nägel lackiere.

Kurz vor dem Ende von *Das Lied von Eis und Feuer* ist der Akku von meinem Kindle leer gegangen.

Ich verwechsle beim Einchecken in Hotels auf den Formularen oft das Feld, in das ich meinen Vor- bzw. Nachnamen schreiben soll.

Ich hab eine wichtige E-Mail losgeschickt,
und erst dann ist mir ein
peinlicher Fehler aufgefallen.

Meine Freundin hat mich verlassen, deshalb bin ich jetzt allein mit meiner Frau und den zwei Kindern.

MEINE SCHWERE ROLEX
BEHINDERT MICH BEIM TENNIS.

Am Morgen will ich erst nicht unter die Dusche, und dann will ich nicht mehr unter dem heißen Wasser rauskommen.

Warum spricht er mich nicht an,
obwohl ich ihn doch so auffällig ignoriere.

Ich kriege gleich am ersten Tag im Strandurlaub einen höllischen Sonnenbrand.

Mein neuer Silikonbusen fühlt sich im Winter manchmal kalt an.

Ich hab an meinem freien Tag sehr lange ausgeschlafen, jetzt habe ich nur noch wenig Zeit, um mich zu entspannen.

Ich will noch was essen,
habe aber schon meine Zähne geputzt.

Ich räume immer auf, bevor die Putzfrau kommt,
damit sie nicht denkt, ich sei eine Schlampe.

Es gibt ein Level bei *Angry Birds*, das ich einfach nicht schaffe,
und das mich nahe an den Wahnsinn bringt.

Die Idioten von Starbucks schreiben meinen
Vornamen falsch auf den Pappbecher.

Mir ist das iPhone aus der Tasche gefallen
und hat mein iPad kaputt gemacht.

Ich hab eine Vollbremsung hingelegt –
aber leider erst nachdem ich geblitzt worden bin.

Wenn ich lange schwimmen war,
habe ich oft Wasser im Ohr.

Wegen meiner Höhenangst kann ich kein Fahrgeschäft auf dem Rummel genießen.

Ich habe beim Hemdzuknöpfen erst beim letzten Knopf bemerkt, dass kein Loch mehr da ist.

Der Kugelschreiber funktioniert überall,
nur nicht an der Stelle,
auf der ich unterschreiben soll.

Der DJ im Club quatscht dauernd
in die Lieder.

Alle wollen immer, dass ich mir das T-Shirt ausziehe.

Der Metalldetektor am Flughafen piept, obwohl ich kein Gramm Metall am Körper trage.

Für mein Date habe ich überall Parfum aufgesprüht, wo es gut riechen soll, auch, wenn es dann an den Stellen brennt.

ICH GLAUBE, DER ARZT HAT MICH IM WARTEZIMMER VERGESSEN.

Nachdem ich eine ganze Tafel Schokolade gegessen habe, plagt mich mein schlechtes Gewissen.

Das Restaurant hat keine Coca Cola und ich musste Pepsi bestellen.

Meine Mutter hat immer noch kein Smartphone, und ich muss ihr kostenpflichtige SMS schicken statt WhatsApp-Nachrichten.

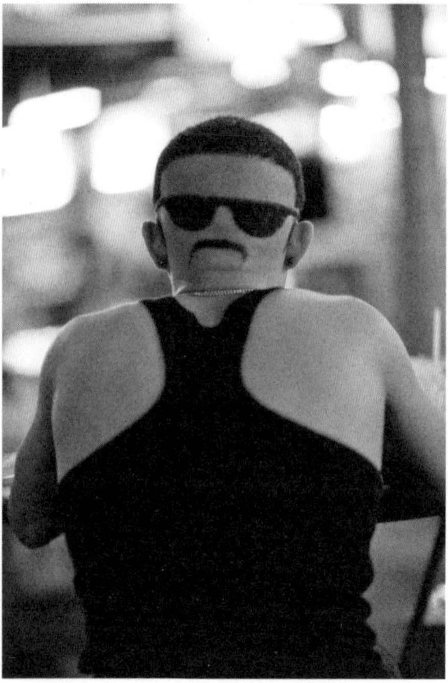

Ich sitze ungern mit dem Rücken zum Lokal.

Ich schicke meinem Freund manchmal
eine sehr lange und umfassende Liebeserklärung
auf WhatsApp und er antwortet mit
»Ich Dich auch«.

Das Waschanleitungsschildchen in meinem neuen Prada-Pulli kratzt ein bisschen.

Wenn ich Polizisten sehe, habe ich immer ein schlechtes Gewissen, obwohl ich gar nichts getan habe.

Niemand will meinen 500-Euro-Schein wechseln.

Ich versuche abzunehmen, aber jeden Tag hat ein Kollege Geburtstag und bringt einen Kuchen mit in die Arbeit.

Der Kartoffelbrei ist in der Mikrowelle lavamäßig erhitzt worden, aber das Stück Fleisch daneben ist lauwarm geblieben.

Ich wollte eigentlich nur einen kurzen Mittagsschlaf machen und bin erst drei Stunden später aufgewacht.

Ich habe so ziemlich alles in meinem Leben mal verloren - nur ausgerechnet meinen Führerschein mit dem beschissenen Foto nicht.

Ich bin mir manchmal nicht sicher,
ob sich in der Evolution wirklich immer
die Schlausten und Besten durchsetzen.

Ich muss leider sehr viel wertvolle Lebenszeit dafür aufbringen, meinen Schlüssel und mein geparktes Auto zu suchen.

Hunde riechen immer vor allen Leuten an meiner intimsten Stelle.

Ich habe das Gefühl, ich lebe im falschen Zeitalter.

Mein Auto wurde auf Garantie repariert, aber die idiotischen Mechaniker haben mir einen Rap-Sender eingestellt.

Ich habe mein Auto neben einem Wagen geparkt, der total schräg stand. Jetzt ist der andere weggefahren und es sieht so aus, als würde ich schlecht einparken.

»Wie jetzt?«

JEDES MAL AUFS NEUE FINDE ICH DIE HEFE IM SUPERMARKT NICHT.

Ich musste zwanghaft auf die Bank langen, weil ein >Vorsicht frisch gestrichen<-Schild daran hing.

Ich suche immer stundenlang im Internet
nach Gratis-Gutscheincodes und
die funktionieren dann meistens nicht.

Ein Kissen ist mir zu flach, zwei Kissen sind mir zu hoch.

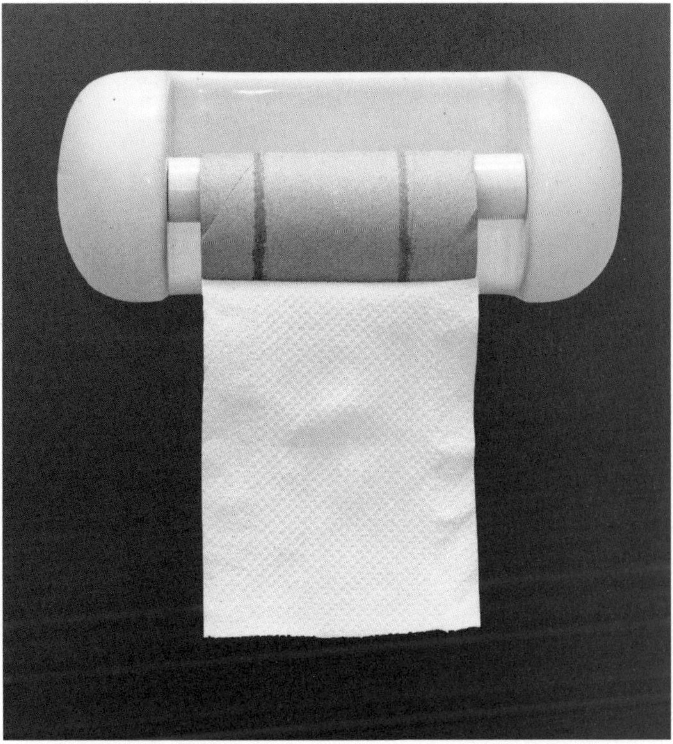

Ohne Worte.

Ausgerechnet bei mir funktioniert der Barcode-Scanner an der Supermarktkasse ständig nicht.

Manchmal kostet es fünf Blätter, bis ich eine neue Rolle Klopapier vernünftig geöffnet habe.

Der Speicher meines iPhones reicht nicht für alle meine Bilder, Videos und Lieder, und ich kann mich nicht entscheiden, was ich löschen soll.

Ich kann den Fernseher nicht hören, weil mein Müsli so knusprig ist.

Ich wollte Musik hören, aber iTunes braucht schon wieder ein Update.

Ich kann mich über meine eigenen Witze schon beim Erzählen schlapplachen, aber dann blicke ich bei der Pointe oft in ratlose Gesichter.

»Wie war das nochmal im Mittelteil?«

Ich habe Probleme damit, nach dem Waschen die passenden Sockenpaare zu finden.

Mich juckt eine Stelle am Rücken, die ich mit den Händen nicht erreichen kann.

Ich mache eigenartige Laufbewegungen, weil ich den Spleen habe, nicht auf die Gehplattenumrandung treten zu wollen.

Der Pizzadienst hat geklingelt, und ich muss vom Sofa aufstehen.

Der LKW hat über eine Minute lang gebraucht, bis er den anderen Lastwagen überholt hat, und ich auf der linken Spur vorbeiziehen konnte.

Das 5-Sterne-Hotel hat sich wie ein 4-Sterne-Hotel angefühlt.

Wenn ich einen Pickel bei jemandem sehe, dann habe ich ein großes Bedürfnis, diesen auch auszudrücken.

Als ich den Südflügel unserer Villa erreiche, habe ich schon vergessen, was ich eigentlich da wollte.

Wenn ich an einer zugefrorenen Pfütze vorbeigehe, dann muss ich immer auf die Eisschicht treten, und mache mir so regelmäßig die Wildlederschuhe kaputt.

Meine Superyacht ist etwas kürzer als die von Abramowitsch.

Ich habe meine Putzfrau so gut bezahlt, dass sie nebenbei
eine Ausbildung machen konnte, und
sich jetzt einen besseren Job gesucht hat.

Meine Brille beschlägt, wenn ich den Backofen öffne.

Wenn ich nur leichter Emotionen
zeigen könnte.

Ich habe im Bett eine SMS mit dem Handy geschrieben, und es ist mir versehentlich voll ins Gesicht gefallen.

DAUERND STECKEN MIR AUTOHÄNDLER IHRE VISITENKARTE AN DIE FAHRERTÜR.

Das Speiseeis im Gefrierfach ist noch ein bisschen zu kalt.

Meine Arbeitskleidung steht mir nicht.

Meine Freunde sind so einfallslos, dass sie es alle bei Facebook posten, wenn der erste Schnee fällt.

Curling habe ich noch nie verstanden.

In meinem Bauchnabel finde ich immer wieder wundersame Fussel.

Weite Teile meines Lebens habe ich eine Mitgliedschaft im Fitnessstudio bezahlt, ohne regelmäßig hinzugehen.

Die Frau am Drive-In-Schalter hat mich gefragt, welche Sauce ich gerne hätte. Ich habe gesagt, sie soll mich überraschen. Sie hat gar keine Sauce reingepackt.

Im Skiurlaub friere ich immer im Sessellift.

Ich habe lol geschrieben, aber gar nicht gelacht.

In meinem Supermarkt gibt es nie reife Avocados.

Nach dem Mittagessen muss ich immer ganz schwer gegen das Einschlafen ankämpfen.

Ich habe zehn Mal das Passwort eingegeben und eine Fehlermeldung bekommen, bis ich endlich gemerkt habe, dass die Feststelltaste aktiviert ist.

Ich bin so spät aufgestanden, dass ich nicht wusste, ob ich frühstücken oder mittagessen soll.

Wo ist der passende Deckel zu der Tupperdose?

Zelten ist total unbequem.

Mein Nachbar hat ein Päckchen angenommen, auf das ich mich schon sehr freue, und jetzt ist der Idiot nicht zu Hause.

Ich habe meinem Hund ein Stück der feinen Pastete hingeworfen, er hat nur daran gerochen und sich desinteressiert umgedreht. Jetzt muss ich es aufheben.

Fotos von mir beim Essen sind immer unvorteilhaft.

Wenn ich mich bei *Quizduell* zwischen zwei wahrscheinlichen Antworten entscheide, dann wähle ich immer die falsche.

Immer, wenn ich die Kaffeemaschine im Büro benutzen möchte, muss ich den Kaffee ausleeren und Wasser nachgießen.

Ich muss manchmal gewöhnlichen Kaffee trinken, weil der Milchschäumer in der Firma dauernd kaputtgeht.

Ich habe vergessen, ob ich den Kaffee schon gezuckert hatte oder nicht, jetzt ist er viel zu süß geworden.

Ich schreibe im Zehn-Finger-System einen Brief, ohne Hinzusehen, und dann stelle ich fest, dass der Text unleserlich ist wegen der ganzen Fehler.

Ich mag die Optik von Blue-ray-Filmen nicht, das ist mir irgendwie zu scharf.

Mit Brille seh ich doof aus.

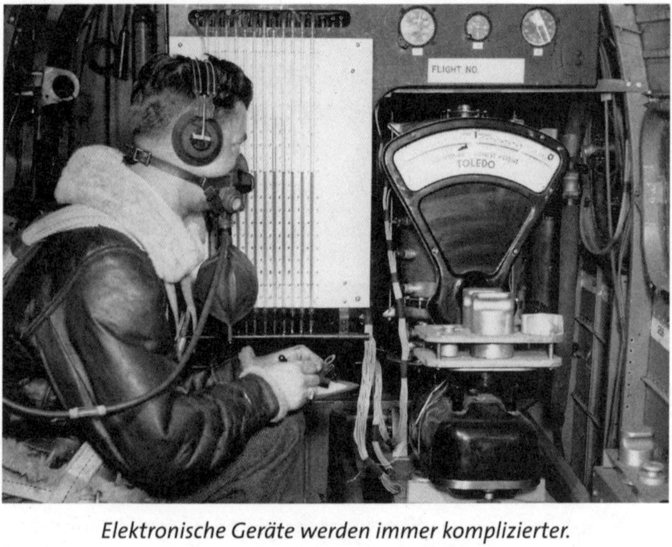

Elektronische Geräte werden immer komplizierter.
Ich verstehe oft nicht mal die Handbücher.

Mir hängen immer die Haare ins Gesicht.

Ich habe einen ganzen Karton von Ladegeräten, die ich nicht mehr zuordnen kann.

Ich habe mich heute im Bad so lange gestylt, bis meine Haare total bescheuert aussahen.

Die Fussel in meiner Hosentasche verstopfen mein Feuerzeug.

Ich habe so viele Haare in meiner Bürste gefunden, dass ich große Sorge habe, bald eine Glatze zu bekommen.

Ich habe fast nicht geschlafen, weil die Serie, die ich auf DVD schaue, so spannend ist, dass ich immer noch eine Folge anschauen muss.

Ich muss vor einem gut besuchten Café einparken, und alle Augen sind auf mich gerichtet.

Im Café gibt es keinen frischen Ingwertee.

ES RIECHT SO LECKER NACH ESSEN IM TREPPENHAUS, UND BEI MIR GIBT ES NUR BROTZEIT.

Durch die vielen Gänge des Essens werde ich trotz der großen Weinmengen einfach nicht richtig betrunken.

Es gibt noch ein letztes Stück auf dem Tisch, das ich sehr gerne essen würde, aber der Anstand verbietet mir, es zu nehmen.

Wenn ich Freunde zum Essen einlade, weiß ich nie, was ich kochen soll, weil alle irgendwas anderes haben: Glutensensitivität, Laktoseintolleranz, Veganismus.

Bei den digitalen Kameras gibt es gar keinen Überraschungsmoment mehr, wenn man die Fotos vom Entwickeln abholt.

Ich habe etwas voll Cooles gepostet, und keiner hat es gesehen.

Beim Händewaschen sind mir die Ärmel langsam runtergerutscht und nass geworden.

Meine Decke ist in der Nacht so verrutscht, dass unten ein Daunenklumpen ist und oben nur noch der Überzug.

Keine Ahnung, welche Art von Kaffee gerade hip ist.

Ich habe jemandem ganz stolz ein Foto auf meinem iPhone gezeigt und der hat einfach weitergewischt.

Mein Vater weiß immer noch nicht, dass man mehrere Anhänge an eine Mail hängen kann und nicht jedes Foto mit einer eigenen Mail verschicken muss.

Ich habe schon zu viel Lebenszeit damit vergeudet, Koriander aus dem Essen zu fischen.

Ich hatte das Gefühl, mein Handy vibriert in der Hose, aber ich hab es mir nur eingebildet.

Ich habe mich jahrelang nicht mehr so schlecht und verletzlich gefühlt, wie an dem Tag, als ich morgens mein Handy daheim vergessen habe.

Die Schuhe, in die ich mich verliebt habe, gibt es nicht mehr in meiner Größe.

Beim New-York-Marathon ist mir vor Zehntausenden die Hose gerissen.

Ich muss mich für meinen Nebenjob peinlich verkleiden.

In meinem idyllischen Landhaus gibt es keinen Empfang.

Mein Handy-Datenvolumen für diesen Monat ist aufgebraucht, und ich wurde brutal von LTE auf GPRS runtergebremst.

Mit meinen neuen, superstylishen Schuhen bekomme ich immer einen elektrischen Schlag, wenn ich etwas Metallenes anfasse.

Ich bin oft zu faul, um die Schnürsenkel an meinen Schuhen zu öffnen, und dann genervt, weil ich nicht einfach wieder hineinkomme.

MEINE EXFREUNDIN HAT IHR SPOTIFY-PASSWORT GEÄNDERT.

»Happy« läuft auf allen sechs Radiostationen, die ich in meinem Autoradio gespeichert habe.

Mein Fit for fun*-Abo läuft fast ein Jahr. Und ich hab immer noch kein Sixpack.*

Hohe Schuhe finde ich toll, kann aber nicht darin laufen.

Mein Inflight-Film stoppt dauernd während der langweiligen Pilotenansagen.

Ich kann mich einfach nicht entscheiden, ob ich der älteren Dame meinen Platz in der U-Bahn anbieten soll, oder ob sie sich dann von mir als gebrechliche Oma degradiert fühlt.

Seit Shades of Grey *werden alle meine künstlerischen Blumenfotos sexuell interpretiert.*

Seit alle sich komplett enthaaren, komme ich mir vor wie ein Bär.

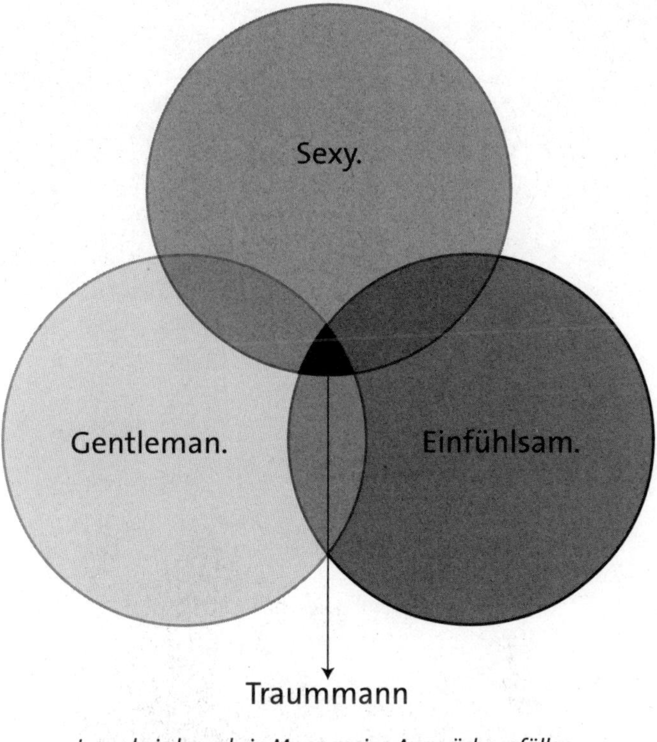

Irgendwie kann kein Mann meine Ansprüche erfüllen.

Ganz oben in Hochhäusern kann ich nie die Aussicht genießen, weil mir immer ganz schlecht wird.

Fuck.

Das unschöne Gefühl, wenn ich mich von jemandem bereits verabschiedet habe, wir aber dann doch noch recht lange in die gleiche Richtung laufen müssen.

ICH VERSCHWENDE MEINE ZEIT, WEIL ICH IMMER WIEDER DIE NETTESTEN SMS LESE UND DIE SCHÖNSTEN BILDER AUF MEINEM SMARTPHONE DURCHBLÄTTERE.

Ich habe gelegentlich so ein unschönes Gefühl wegen der Schwarzgeldmillionen auf meinem Schweizer Nummernkonto.

ICH HABE ZEILENWEISE ALLES GRO? GESCHRIEBEN UND ES IST MIR ERST GANZ AM Ende aufgefallen.

Manchmal fällt mir so ein genialer, schlagfertiger Spruch ein, wenn mich jemand ärgert. Allerdings erst dann, wenn ich alleine daheim bin.

Ich hab den Typen wochenlang angebaggert.
Als ich ihn dann an der Angel hatte,
hab ich irgendwie das Interesse verloren.

ICH KANN KEINE AUSTERN MEHR ESSEN, WEIL MIR DAVON SCHON MAL SCHLECHT GEWORDEN IST.

**Ich komme dauernd zu spät,
weil meine Freundin immer noch Sex haben will.**

Ich esse immer noch zu viel Fleisch.

Ich habe einen Ohrwurm von einem Lied aus
dem Radio, das mir ganz peinlich ist.

Meine Eltern verstehen überhaupt nicht, was ich den ganzen Tag mit meinem coolen Start-up mache, und wie man damit Geld verdienen kann.

Irgendwie erleben wir nie mehr den Moment,
weil wir alles fotografieren.

Das Wetter ist viel zu schön zum Arbeiten.

Wenn ich abends meine trendy Duttfrisur löse,
tut mir die Kopfhaut weh.

Leider habe ich schon alle Bände von Harry Potter gelesen und alle Filme geschaut.

ABBILDUNGSVERZEICHNIS

S. 1: Picography
S. 6: Shutterstock, Twin Design
S. 7: Shutterstock, mokara
S. 8: Shutterstock, Sergey Sukhorukov
S. 9: Gratisography, Ryan McGuire, Bells Design
S. 10: Shutterstock, Everett Collection
S. 11: GettyImages, Photonica
S. 12: Shutterstock, Felix Mizioznikov
S. 15 oben und unten: Jay Mantri
S. 17: Shutterstock, Tereza Linhart
S. 18: GettyImages, E+
S. 19: Shutterstock, Rob Byron
S. 21: GettyImages, Stone
S. 22: Shutterstock, lineartestpilot
S. 24: Shutterstock, Iulian Valentin
S. 26: GettyImages, Photolibrary
S. 27: Shutterstock, Robert Kneschke
S. 28: Shutterstock, Mosay May
S. 29: Shutterstock, Jan Mika
S. 30: Shutterstock, Nas Creatives
S. 32: Shutterstock, Ventdusud
S. 34: Swedish National, Mårten Sjöbeck
S. 35: Shutterstock, Kryzhov
S. 36: Shutterstock, Kamira
S. 37: Shutterstock, Nejron Photo
S. 39: Shutterstock, Creatista
S. 41: Shutterstock, Giuseppe Parisi
S. 42: Shutterstock, Poznyakov
S. 43: Magdeleine, Tomas Laurinavicius
S. 46: Shutterstock, stokkete
S. 47: Shutterstock, CandyBox
S. 48: Shutterstock, bikeriderlondon

S. 49: Shutterstock, Pawel Sierakowski
S. 50: Shutterstock, Stocksnapper
S. 51: Shutterstock, David Vadala
S. 53: Shutterstock, MUH
S. 54: Shutterstock, Ollyy
S. 55: Shutterstock, Ozgur Coskun
S. 56: Gratisography, Ryan McGuire, Bells Design
S. 57: Shutterstock, Eugenio Marongiu
S. 58: Shutterstock, Vicspacewalker
S. 60: Shutterstock, Martin Novak
S. 61: Gratisography, Ryan McGuire, Bells Design
S. 64: Shutterstock, auremar
S. 65: Shutterstock, Beorn Bjorn
S. 68: Shutterstock, giorgiomtb
S. 70: Gratisography, Ryan McGuire, Bells Design
S. 72: Shutterstock, suravid
S. 73: Shutterstock, Rasstock
S. 74: Shutterstock, Vladimir Prusakov
S. 79: Shutterstock, Bad Man Production
S. 80: GettyImages, Vetta
S. 82: Shutterstock: pics721
S. 84: Shutterstock: Mayer George
S. 85: Gratisography, Ryan McGuire, Bells Design
S. 87: Shutterstock., Creativa
S. 89: Picography
S. 90: Shutterstock, Kiselev Andrey Valerevich
S. 92: Shutterstock, High Key
S. 93: Gratisography, Ryan McGuire, Bells Design
S. 96: Shutterstock, Ollyy
S. 97: Shutterstock, Kiselev Andrey Valerevich
S. 98: Shutterstock, Subbotina Anna
S. 99: Unsplash, Ry van Veluwen
S. 102: Shutterstock, Annette Shaff
S. 104: Shutterstock, Yeko Photo Studio
S. 106 oben und unten: Gratisography, Ryan McGuire, Bells Design
S. 108: Shutterstock, Barbaroses

S. 110: Shutterstock, Subbotina Anna
S. 112: Shutterstock, conrado
S. 113: Shutterstock, Maria Skaldina
S. 115: Gratisography, Ryan McGuire, Bells Design
S. 117: Shutterstock, Aleksandar Mijatovic
S. 119: Magdeleine, Pasquale Vitiello
S. 120: Shutterstock, CURA photography
S. 122: GettyImages, Lonely Planet Images
S. 124: Shutterstock, Mike Charles
S. 125: Nationaal Archief Nederlands, Willem van de Poll
S. 126: GettyImages, Moment Open
S. 127: Shutterstock, Paisit Teeraphatsakool
S. 129: Shutterstock, Wavebreakmedia
S. 131: Shutterstock, Paul Vinten
S. 132: New Old Stock, NASA
S. 133: New Old Stock
S. 134: Unsplash, Natalie Gouzée
S. 135: New Old Stock
S. 136: New Old Stock
S. 138 oben: Picography, Dave Meier
S. 138 unten: New Old Stock
S. 139: Unsplash, Elias Carlsson
S. 140: Unsplash, Dominik Martin
S. 141: Unsplash, webvilla
S. 142: Unsplash, Kristian Karlsson
S. 143: New Old Stock, Melitta
S. 145 oben und unten: Gratisography, Ryan McGuire, Bells Design
S. 147: Unsplash, Alejandro Escamilla
S. 148 oben: Unsplash, Cas Cornelissen
S. 148 unten: Unsplash, Thomas Lefebvre
S. 150 oben: Gratisography, Ryan McGuire, Bells Design
S. 150 unten: Unsplash, Sarah Holmes
S. 153: Unsplash, Jay Wennignton

Alle Grafiken im Innenteil: Ullstein Buchverlage GmbH